AF331812

LETTRE

D'UN

COMEDIEN

DE PROVINCE,

A un de ses anciens CAMARADES, *retiré depuis peu du Théâtre, & fixé à Paris.*

Au sujet d'une nouvelle Brochure intitulée : *La Comédienne Fille & Femme de Qualité, ou les Mémoires de la Marquise de* *** *écrits par elle-même.*

MON CHER CAMARADE,

J'AI lû avec tout le plaisir possible le Livre que Mademoiselle Joranville, notre ancienne Camarade, vient de mettre au jour. Le Titre est heureux, brillant, même séduisant. Jamais on n'a vû tant de Noblesse parmi nous que depuis que *la Comé-*

A

dienne fille & *Femme de Qualité* paroît. Acteurs,
Actrices, Danseurs, Danseuses, Souffleurs, Dé-
corateurs, Machinistes, Musiciens, tous sont, si
on veut les en croire, aussi nobles que *Japhet
d'Arménie*. Je charge un peu trop le tableau ; il est
cependant vrai que plusieurs de nos premiers rôles
veulent maintenant se faire passer pour ce qu'ils ne
sont pas. Personne n'est leur dupe. Venons au fait.
Vous m'avez prié de vous marquer ce que je pense
de *la Comédienne*. En voici une Analise assez cir-
constanciée : je vous invite à la faire imprimer
avec ma Lettre. Ce sera obliger notre ancienne
Camarade, contre laquelle se déchaîne si mal-à-
propos & avec tant de fureur un Critique de pro-
fession. Mais qui veut trop prouver ne prouve
rien. Analisant la *Comédienne* il affecte de répan-
dre un ridicule sur les choses qui en sont le moins
susceptibles ; il blâme tout, & en parle trop mal pour
n'être pas suspect. Il en rapporte des fragmens qu'il
détache adroitement, & peut-être malicieusement,
pour les censurer plus hardiment. Il passe sous si-
lence bien des Avantures de Théâtre qui plairont
toujours. N'étant pas assez injuste pour en condam-
ner tout-à-fait le stile, il prétend qu'il est *inégal* ;
il a la bonté de faire de tems en tems des réflexions déplacées, des plaisanteries insipides, des
Epigrammes usées. Il faut qu'il ait des vûes par-
ticulieres pour écrire contre une nouveauté dont
tout le monde dit du bien. Envain il se flate d'en
imposer au Public connoisseur, qui ne s'en rapporte
qu'à ses propres lumieres. Ainsi ses décisions dic-
tées par la passion ne feront jamais aucune impres-

fion. Quels font les gens qui croiront en lui ? S'il en eft ; le nombre en eft bien-petit. Combien de fois voit-on les Ouvrages que nos Critiques, qui s'eftiment des Oracles, ont eu la complaifance d'é-xalter, ne pas réuffir ; & ceux, contre lefquels ils fe font élevés fans raifon, faire fortune. Tout ce que cet Ecrivain dit gratuitement de la *Comédienne* ré-volte ; il n'eft qu'une voix contre lui. Il fuffira dorénavant qu'il cherche à immoler un Livre fous le glaive de la Critique, pour qu'on le juge bon. Avant de parler de la premiere Partie, difons deux mots de la Préface. Elle eft courte & prévient en faveur de l'Ouvrage. On y trouve à chaque pas des traits de Morale affez juftes.

PREMIERE PARTIE.

Le Marquis d'*Afcagne*, ancien Militaire, d'une des plus grandes Maifons du Languedoc eft refté veuf avec une fille unique appellée *Adelaïde*. C'eft elle qui écrit fes avantures & qui fe peint d'abord en peu de mots. *L'Amour*, dit-elle, *a été la fource de mes égaremens ; née tendre, fenfible, vo-luptueufe, je n'ai que trop fuivi le penchant de mon cœur.* Le Lecteur doit s'attendre dès ce moment à ne trouver en elle qu'une véritable coquette ? Sa grande beauté fait concevoir à fon pere fur elle de hautes idées ; efpérant lui trouver un parti confi-dérable, il la méne à Paris. Une Madame *Dublin* Gouvernante d'*Adelaïde*, femme dangereufe, & peu propre à élever une Fille de Condition, eft auffi du voyage. M. d'*Afcagne* préfente par-tout la fille. Par-tout on lui en fait des éloges.

Un Voisin nommé *des Vigneux*, jeune homme digne d'être aimé, cherche à plaire à *Adelaïde*. Personne ne le soupçonne. *Des Vigneux* part malgré lui pour le Berri, & fait consentir *Adelaïde* à recevoir ses Lettres & à lui répondre. Elle ne pense presque plus à lui.

Le Baron de *l'Ofeld*, Seigneur Allemand, entend chanter *Adelaïde* dans un Concert. Sa voix & sa beauté le frappent. Il demande sa demeure & va peu de jours après rendre sa visite à M. *d'Ascagne*. Quoiqu'il se donne pour amateur de Musique, il n'est point trop bien reçu. On apprend qu'il est d'une Illustre Maison, & qu'il est fort opulent. On se repent de l'avoir accueilli si froidement, on le retrouve à *l'Opéra*; on l'engage à revenir. Il n'est politesses qu'on ne lui fasse, & l'on pense à en faire un époux. Ses richesses plus que sa personne tentent *Adelaïde*. Elle oublie *des Vigneux*; une Lettre tendre qu'une Revendeuse à la Toilette lui remet adroitement, la rappelle avec plaisir dans son souvenir. Elle ne consulte que son cœur & lui récrit. Le Baron de *l'Ofeld* fait le magnifique & donne à la *Dublin* une tabatiere d'or. Cette femme reconnoissante le laisse seul avec *Adelaïde*. Il prend des licences. Heureusement la *Dublin* rentre. *Adelaïde* croit être pour toujours débarrassée de M. de *l'Ofeld*. Peu de jours après il ose revenir, il s'excuse du mieux qu'il peut; on lui pardonne. Tout est oublié. Il devient intime avec M. *d'Ascagne*. Leur plus grand plaisir est la table. M. le Baron un peu

Échauffé tient fur la fin d'un repas des difcours in-
jurieux fur les Françoifes. *Adelaïde* dès cet inftant
le prend en haine. Elle parvient à déterminer fon
pere à le faire congédier, s'il fe repréfente. Elle
reçoit en même-tems deux Lettres de *des Vigneux*. La premiere lui apprend la maladie de
fon pere, la feconde la mort. Maître de quarante-
cinq mille livres de rente il entre dans la Maifon
du Roi, malgré fa mere qui vouloit en faire un
Confeiller au Parlement. Elle ne furvit pas long-
tems à fon mari. Plus riche de moitié, *des Vigneux*
déclare fon amour pour *Adelaïde* à M. *d'Afcagne*.
Il ne différe à devenir fon gendre que pour termi-
ner fes affaires. Pendant ce délai il fait de mauvai-
fes connoiffances, donne dans toutes fortes d'ex-
cès ; entretient une Danfeufe de l'*Opéra* qui fe
hâte de le ruiner ; il en devient jaloux, elle le
trompe & lui préfére un indigne rival. Il le trouve
caché chez elle ; *Fierville*, c'eft le nom de ce rival,
& lui, font fur le point de fe couper la gorge chez
leur Maîtreffe commune. Elle les en empêche. Ils
fe battent dans la rue. *Des Vigneux* eft bleffé peu
dangereufement & rompt avec fon Héroïne de
couliffe. Pour l'oublier entiérement il fait un
voyage en Provence.

Le Baron de *l'Ofeld* perd des fommes confidé-
rables fur fa parole. Pour y faire honneur il vend
tout & retourne en Allemagne. *Des Vigneux* arrive de Provence, revoit *Adelaïde*, reconnoît fes
torts. On le croit revenu de fes erreurs. On lui
accorde fa grace. Bientôt il fait de nouveau des
dépenfes exceffives. Ses Parens le font enfermer

& interdire. *Adelaïde* qui l'apprend y est sensible. Elle tombe malade ; le chagrin n'y a pas peu de part. Elle revient en santé, & n'en est pas moins belle qu'auparavant. Son pere lui représente qu'il dépense beaucoup à Paris & qu'elle ne doit plus être si difficile sur le choix d'un époux. M. *de S. Frioule*, homme de Condition, célèbre Avocat au Parlement de Paris, ancien Magistrat dans un Parlement de Province, se présente : quoiqu'un peu contrefait, il est agréé. Son esprit & son bien parlent en sa faveur. Il écarte un essein d'adorateurs. Un seul, nommé le Marquis *de Neuperville*, entreprend de lui disputer sa conquête. Ils deviennent jaloux l'un de l'autre, *Neuperville* l'insulte ; M. *de S. Frioule* en veut avoir raison. M. *d'Ascagne* les réconcilie. Sur ces entrefaites *des Vigneux* se sauve de prison. M. *d'Ascagne* lui donne retraite. Son amour pour *Adelaïde* lui fait oublier ses malheurs. Au risque de sa vie il entre pendant la nuit dans sa chambre. On vient pour l'arrêter ; après l'avoir cherché long-tems, on le trouve. Il se défend vigoureusement soutenu de Madame *Dublin* & des Domestiques de la maison. Prêt d'être saisi il saute par la fenêtre de la rue, & se casse la jambe. On ne permet pas qu'on lui donne aucun secours & on le conduit en prison ; toutes les avantures de cette premiere Partie m'ont paru naturelles, bien amenées, bien détaillées, fort amusantes, & écrites avec précision.

SECONDE PARTIE.

Tout le monde est inquiet du sort de *des Vigneux*. On va chez ses Parens intercéder pour lui, mais on n'obtient rien. M. *d'Ascagne* sçait par celui qui l'a arrêté qu'il est jusqu'à nouvel ordre au Fort-l'Evêque. Le Marquis de *Neuperville* qu'une Tante vient de faire son Légataire universel, à condition d'épouser une personne dénommée dans son Testament, vient annoncer cette nouvelle à *Adelaïde* qui en paroît peu allarmée. Il en est piqué & lui dit un adieu éternel. *S. Frioule* se voyant sans rival n'est plus si empressé. On lui en fait des reproches qu'il détruit aisément. Il s'agit d'épouser, mais comme il est d'une foible santé, il veut auparavant arranger ses affaires en cas d'accident. Cependant, il plaide une cause brillante ; le chagrin qu'il a de la perdre le fait devenir fou. M. *de Vauvervac*, son neveu, Capitaine de Dragons, à qui on écrit, vient en poste. Il prend soin de son oncle & le méne en Auvergne dans une de ses Terres. Son bon-sens lui revient ; la honte d'avoir été fou le porte à se tuer. M. *Vauvervac* l'apprend à M. *d'Ascagne* & à sa fille qui en sont pénétrés. Conformément aux volontés de son oncle, il leur remet différens effets. Obligé de partir pour son Régiment qui est de l'Armée du Roi, il prend congé de M. *d'Ascagne* & d'*Adelaïde*. Quelques-tems après le Major de la Brigade marque qu'il a été tué dans un détachement.

M. *d'Ascagne*, sa fille, la *Dublin*, vont passer

plusieurs jours à la campagne chez une Amie. Un Gentilhomme très-riche eſt épris des charmes d'*Adelaïde*. Il ſe déclare à M. *d'Aſcagne* qui le préſente à ſa fille dont il eſt accepté. Sur ces entrefaites on mande de Paris à M. *d'Aſcagne* que des voleurs ont entré dans ſa Maiſon & ont tout emporté, il arrive en toute diligence. Bien-tôt ſa fille le ſuit. M. *des Gourjons*, c'eſt le nom du Gentilhomme qui la recherche en mariage, ne peut plus vivre ſans la voir. Il vient offrir à M. *d'Aſcagne* ſa bourſe, & fait aſſiduement ſa cour à ſa fille ; mais il trouve un parti plus avantageux & néglige Mademoiſelle *d'Aſcagne*. Son pere qui découvre qu'il voit une jeune Demoiſelle dans la vûe du mariage rompt ſur le champ avec lui. Ici l'infortuné *des Vigneux* reparoît. Aidé des Compagnons de ſon malheur il a briſé ſes fers. Sa chere *Adelaïde* l'occupe toujours. Sous l'habit d'Abbé il ſe proméne hardiment dans Paris, & dans cet équipage il rend viſite à M. *d'Aſcagne*. On lui conſeille de gagner les Païs étrangers ; après avoir fait contribuer à main armée ſon Tuteur & ſes deux tantes, il ſe retire en Eſpagne, entre au ſervice de cette Couronne, ſe fait réhabiliter dans tous ſes droits. Il prie Mademoiſelle *d'Aſcagne* de penſer toujours à lui. Elle lui conſeille d'oublier toutes leurs promeſſes. *Des Vigneux* ne s'en croyant plus aimé ſe marie.

M. *de Roſanpierre*, Financier opulent, ſe met ſur les rangs. Il n'eſt pas bien reçu d'*Adelaïde*. M. *d'Aſcagne* veut abſolument qu'elle l'épouſe. Elle lui fait par complaisance mille amitiés. Madame *Dublin* à qui elle confie ses chagrins la rassure. Elle la persuade de prendre *Rosanpierre*, parce qu'il est riche & point du tout avare, & parce qu'une fois mariée, elle sera entiérement sa maîtresse. M. *d'Ascagne* & Mad. *Dublin*, se croyant seuls, parlent librement de *Rosanpierre*. *Adelaïde* les écoute, & même s'apperçoit que son père est bien payé des attentions qu'il a pour sa Gouvernante. M. *d'Ascagne*, *Adelaïde*, Mad. *Dublin*, *Rosanpierre*, vont à la Comédie Françoise. On y jouoit une Tragédie nouvelle. L'Auteur, homme de Qualité & d'une figure avantageuse, ami de *Rosanpierre*, vient les trouver après la Pièce. Ils l'invitent tous à souper. Quoiqu'il soit engagé avec les Actrices qui ont fait réussir sa Tragédie, il ne peut refuser *Adelaïde* qui l'en presse. *Gamini*, c'est le nom de l'Auteur, ne voit pas impunément les charmes d'*Adelaïde*. Il cherche l'instant de la trouver seule & lui déclare l'amour qu'il sent pour elle. Mad. *Dublin* le surprend à ses genoux. Par une feinte il lui en impose. La *Dublin* a des prétentions sur *Gamini*; elle ne cesse de l'agacer & se persuade qu'il est du denier bien avec quelques Comédiennes. Il le nie toujours constamment. *Gamini* prié par M. *d'Ascagne* à dîner, ne cesse de le louer sur différentes Poësies qu'il a composées dans son jeune âge. M. *d'Ascagne* voulant faire les honneurs de chez lui, boit beaucoup & fait boire *Gamini*. Notre soupirant le quitte un moment & va trouver *Adelaïde*. Le vin le rend entreprenant; mais M. *d'Ascagne*, qui s'ennuye, le rappelle & dérange ſes projets. Le ſommeil s'empare de M. *d'Aſcagne. Gamini* cherche par-tout *Adelaïde*, mais ne trouve que Mad. *Dublin* qui ne lui eſt point cruelle. *Adelaïde* les voit ſans être vûe : elle juge à propos de paroître.

On propoſe à M. *d'Aſcagne* pour ſa fille un jeune homme d'une folie extraordinaire & qui a une Tante auſſi extravagante que lui. Madame la Préſidente *de Bois-Ferté*, c'eſt le nom de la Tante, eſt ſi ridicule, que ſes Domeſtiques mêmes la badinent entr'eux. Le Chevalier *du Haut-Pleſſis* ſon neveu, avec qui M. *d'Aſcagne* & *Adelaïde* dînent dans la ſuite, fait tant d'impertinences qu'il déplaît au poſſible. M. *d'Aſcagne* remercie la Préſidente, & lui dit qu'*Adelaïde* doit épouſer un Financier du premier ordre. *Roſanpierre* tombe malade. On parle de l'adminiſtrer. Cette propoſition l'étonne. Il demande un délai. M. *d'Aſcagne* ne le quitte pas. *Gamini* profite de cette maladie pour faire ſa cour à *Adelaïde*. Il eſt ſi preſſant qu'il trouve enfin le moment d'être heureux. Ils ſe jurent un amour éternel. *Gamini* lui promet de n'avoir aucune familiarité avec Mad. *Dublin*. On annonce M. le Chevalier *du Haut-Pleſſis. Gamini* veut ſe retirer, mais *Adelaïde* le fait reſter. Cette ſeconde Partie eſt pleine de ſcènes extrêmement comiques & variées : les portraits & les caractéres en ſont vrais.

TROISIÈME PARTIE.

Plus on avance, plus l'intérêt augmente, le Chevalier *du Haut-Plessis* qu'on avoit annoncé paroît. C'est un original sans copie qui dit & fait les choses du monde les plus ridicules. A peine daigne-t'il regarder M. *Gamini* ; il couronne ses impertinences par une Lettre qu'il donne en sortant à *Adelaïde*. Mad. *Dublin* ne cherche qu'à renouer avec *Gamini*, mais c'est inutilement. Notre Auteur retrouve M. *du Haut-Plessis* aux *François* occupé à déchirer sa Piéce ; il l'écoute quelques-tems ; aussi-tôt que le Chevalier *du Haut-Plessis* sçait qu'elle est de lui, il en fait l'éloge.

M. *de Rosanpierre* revient en santé : il va passer quelque-tems à la campagne avec M. *d'Ascagne*, sa fille & Mad. *Dublin*. *Gamini* sous prétexte de faire la Cour à *Rosanpierre* y vient. Ses affaires l'obligent de retourner à Paris ; il entretient une correspondance secrette avec *Adelaïde* qui lui mande qu'elle est mere. Il arrive peu de jours après, la trouve abandonnée aux plus cruelles réflexions ; ce n'est pas sans peine qu'il parvient à la consoler : les attentions mutuelles qu'ils ont l'un pour l'autre leur fait craindre de se trahir. *Gamini*, de concert avec *Adelaïde*, part sans prendre congé de personne. Il est quelques jours sans lui écrire. Enfin elle reçoit une Lettre ; le contenu lui fait soupçonner qu'il l'a abandonnée. Elle tombe dans un si grand chagrin que Mad. *Dublin* s'en apperçoit & lui en demande le sujet. *Adelaïde* lui donne le change. On s'empresse à l'envi de la dissiper. Inutiles soins ! elle prend le parti de s'empoisonner & veut en faire part à *Gamini*. Pendant la nuit elle lui écrit. Mad. *Dublin* qui couche dans une chambre voisine l'entend se plaindre & soupirer. Elle voit de la lumiere chez elle, & se fait ouvrir. *Adelaïde* cache promptement tout ce qui peut la déceler, & pour satisfaire l'inquiétude de sa Gouvernante, lui dit qu'elle vient de faire des rêves fâcheux. Mad. *Dublin*, qui apperçoit quelques plumes, se retire affectant de la croire : le sommeil fuit notre Amante malheureuse ; dès le matin elle se proméne dans le jardin. La *Dublin* visite dans sa chambre & trouve la Lettre adressée à *Gamini*. Elle va la trouver, lui reproche de ne lui avoir pas confié ses peines, & lui promet de souftraire ses malheurs à la connoissance de tout le monde. *Adelaïde* persiste toujours à vouloir mourir ; sa Gouvernante est si pressante qu'elle lui fait quitter cette triste pensée. *Gamini* qu'on n'attendoit plus arrive. Voyant que tout est découvert. Il propose à *Adelaïde* de l'épouser à Avignon & d'embrasser le Théâtre. Elle jure de le suivre & de faire tout ce qu'il voudra. Mad. *Dublin* les assure qu'elle veut être de la partie, & leur avoue qu'elle a été Comédienne. Elle leur raconte qu'elle a connu M. *d'Afcagne* à Paris, lorsqu'elle y fut pour débuter aux *François*. *Rofanpierre* est charmé de revoir *Gamini* & l'engage à rester. La Maison de notre Financier est un séjour d'enchantement. Il tient table ou-

Verte. Tout le monde y abonde. *Adelaïde* fent déja des maux de cœur ; elle fouhaite difparoître au plutôt. Il eft arrêté que le jour même qu'on retournera à Paris, elle s'éclipfera avec Madame *Dublin*. Jufqu'au dernier moment il n'eft queftion que de plaifirs, de Bals, de Comédies. Il s'élève une difpute facétieufe. Les uns veulent qu'on joue des piéces férieufes, d'autres des *Opera-Comiques* ; ce qui fournit quelques traits tout-à-fait plaifans. Tout prend fin. *Adelaïde* & la *Dublin* retournent à Paris pour tout préparer. Au lieu de defcendre chez M. *d'Afcagne*, elles entrent fous le nom de Madame & Mademoifelle *Dupreffois* dans une Maifon que *Gamini* leur avoit fait louer. Le lendemain *Rofanpierre*, M. *d'Afcagne*, *Gamini*, les fuivent. La furprife des deux premiers eft extrême, lorfqu'en arrivant on leur dit qu'on n'a vû perfonne, & qu'on a appporté les clefs de tous les appartemens. M. *d'Afcagne* défefpéré penfe qu'on a enlevé fa fille & que fa Gouvernante aura été obligée de la fuivre. *Gamini* fe charge de faire des informations. Il vient trouver *Adelaïde* & Mad. *Dublin*, leur rend compte de tout. Il retourne le lendemain chez M. *d'Afcagne* qui eft dans un état digne de pitié. *Rofanpierre* a quelques difficultés avec M. *d'Afcagne* qui lui reproche de manquer aux devoirs de l'amitié. *Adelaïde* fait parvenir à fon pere une Lettre. *Gamini* fe trouve chez lui, lorfqu'il la lit. M. *d'Afcagne* n'oublie pas qu'il eft pere. Il baife la Lettre de fa fille. La baigne de larmes. *Quoi*; dit-il, à *Gamini*, je ne verrai plus le feul bien qui me refte ; *Adelaïde* vit & ne vit plus pour moi ; qu'elle paroiſſe ; je lui pardonne de bon cœur. *Gamini* pénétré veut engager *Adelaïde* & Mad. *Dublin* d'aller ſe jetter avec lui aux pieds de M. *d'Aſcagne*, & à lui tout avouer. Cette propoſition eſt rejettée ; on lui défend même de le voir d'avantage. Il le rencontre un jour, & ſçait de lui qu'il va ſouvent chez M. le *Lieutenant-Général de Police* qui fait faire toutes les recherches qui ſont de l'honnête homme & d'un digne Magiſtrat, pour tâcher de découvrir ſa fille. À cette nouvelle Mad. *Dublin* & *Adelaïde* ne veulent plus reſter à Paris. *Gamini* leur repréſente qu'elles y ſont plus cachées, qu'elles ne ſeroient en tout autre endroit. Quelques mois ſe paſſent ; on apprend que M. *d'Aſcagne* a tout vendu & eſt retourné en Languedoc. *Adelaïde* & Mad. *Dublin* commencent à ſortir. Elles vont à la Comédie aux troiſièmes ; & ſont reconnues par *Roſanpierre*, qui charge l'Exempt de la Garde de les faire ſuivre. *Gamini* s'en doute & les fait partir ſur le champ. Ils prennent tous trois la réſolution de quitter tout-à-fait Paris. Ils joignent une troupe qui eſt à Amiens : ils y débutent avec ſuccès, *Gamini* & *Adelaïde* ſous le nom de *Joranville* & la *Dublin* ſous celui de *Châteaufort*. Leurs talens autant que leurs figures leur acquiérent de la célébrité. On leur propoſe de s'engager pour Vienne ; ce qu'ils acceptent. Les avances reçûes ils partent. Mademoiſelle *Joranville* accouche en route d'un garçon, qui meurt quelques jours après. Arrivés à la Cour de Vienne M. & Mademoiſelle *Joranville* ſe marient. Ils veulent ſçavoir ce qu'est devenu M. *d'Ascagne* ; ils écrivent, on leur mande qu'il a tout vendu, qu'il s'est retiré à la Trape & a tout donné à cette Maison. Les pleurs qu'arrache cette derniere Partie en font l'éloge.

Voilà, Mon cher Camarade, une partie des matériaux qui entrent dans l'édifice de *la Comédienne Fille & Femme de Qualité*. Cet extrait détaillé suffit pour détruire tout ce que des gens mal intentionnés, des déclamateurs outrés, en ont pû dire. La Critique a ses droits ; en abuser, c'est se deshonorer. Elle a ses bornes ; les passer, c'est manquer à soi-même & aux autres. Jamais je n'ai vû dire tant de mal en si peu de lignes, que de celui de Mademoiselle *Joranville*. Tout le monde en conviendra, mais en sera surpris.

On commence ainsi : *Des intrigues sans intérêt, des avantures sans vraisemblance, des caracteres sans vérité, des récits languissans, une narration traînante, un stile inégal, nulles vûes, nul esprit, nulle invention ; ce n'est-là, ajoûte-t'on, car on craint d'en avoir trop peu dit, qu'une partie des défauts qui se trouvent dans la Comédienne Fille & Femme de Qualité, ou les Mémoires de la Marquise de * * * écrits par elle-même, trois Parties in-12*. Quel tableau ! quelle aigreur ! quel acharnement ! quelle animosité ! quelle rage ! Voilà un homme bien content de lui. Tant de brillantes miseres tombent d'elles-mêmes & ne méritent pas d'être réfutées. De pareilles déclamations ne produisent pas toujours l'effet qu'on en attend : qu'arrive-t'il ordinairement ? l'orage ne fait que du bruit : au lieu de discréditer une nouveauté en en parlant avec tant de modération, on la fait connoître, on inspire l'envie de la lire ; on prévient en sa faveur, on la fait réussir. Si on a eu ce dessein, ce que je ne puis croire, l'intention répare le procédé.

Adieu, MON CHER CAMARADE. Je vous embrasse de tout mon cœur. Ne manquez pas de m'envoyer les *Fêtes Parisiennes* au sujet de la Naissance de Monseigneur LE COMTE DE PROVENCE, sitôt qu'elles seront imprimées : on n'est pas moins zélé ici qu'à Paris. Je suis &c.